SOPA DE LLIBRES

Títol original: *Bota gorriak*

Juan Ignacio Luca de Tena, 15. 28027 Madrid

Primera edició, novembre 2000
Segona edició, juny 2006

Disseny: Manuel Estrada

IISBN: 84-207-4127-2
Dipòsit legal: M. 24.631/2006

Imprés a: Artes Gráficas Fernández Ciudad
Catalina Suárez, 19
28027 Madrid
Imprés a Espanya - Printed in Spain

Linazasoro, Karlos
Les botes roges / Karlos Linazasoro ; il·lustracions de Claudia Ranucci ; Traducció de Mònica F. Arizmendi. — Madrid : Anaya, 2000
80 p. : il. n. ; 20 cm. — (Sopa de Llibres ; 11)
ISBN 84-207-4127-2
1. Escoles. 2. Poders màgics. 3. Amor. I. Ranucci, Claudia, il. II. Mònica F. Arizmendi, trad. III. TITOL
830(436)-3

Les botes roges

SOPA DE LLIBRES

Karlos Linazasoro

Les botes roges

Il·lustracions de
Claudia Ranucci

ANAYA

Traducció de Mònica F. Arizmendi

A Mari Karmen,
la meua Romina particular

1

De primer va ser un corder, un corderet blau, pelut, meravellós. Va creuar la classe com un raig, veloç, i va eixir per la porta.

Jo vaig cridar:

—Un corder!

Bé, millor dit, anava a cridar, però no vaig cridar. Perquè, és clar, em vaig adonar que ningú no l'havia vist, ja que a penes va estar a classe dos segons i tres mil·lèsimes; i aleshores vaig pensar: «Si ningú no l'ha vist, com m'he de posar a cridar com un boig: un corderet!, un corderet!»

Ja tindria malnom per a tota la vida.

Fora plovia a bots i barrals, i nevava a estones, i era hivern. Maite, la mestra, era fredolina. Ens feia classe amb folre polar, bufanda blavenca i guants de cabritilla. Això, a l'hivern. A la primavera i a l'estiu solia a posar-se vestits de seda estampats, de flors molt grans (quasi sempre hortènsies, que m'horripilaven), i sabatilles esportives blanques de tennis.

Però bé, tornem-hi. Feia fred, la classe semblava una sauna. I com que jo ja tenia la boca oberta, el pretext de la calefacció em va salvar la vida. Amb uns reflexos dignes del millor pilot de Fórmula 1, vaig corregir la trajectòria i vaig cridar:

—El termòstat! S'ha espatllat el termòstat!

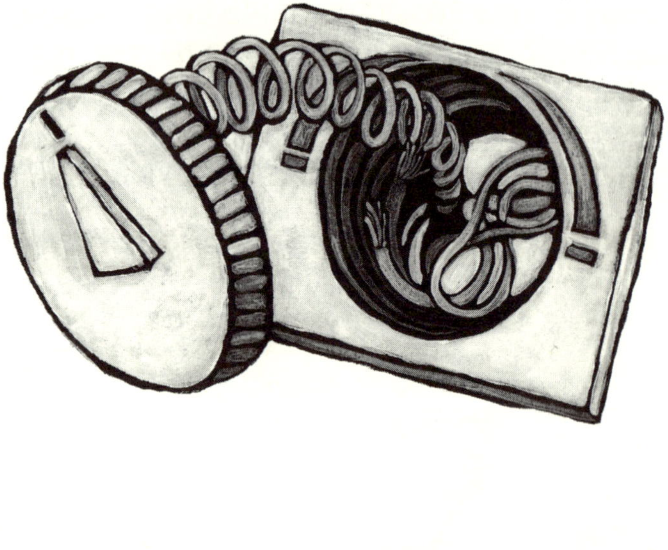

Tots em miraren atònits, estupefactes. Romina, la xica del meu cor, es va girar amb les dents serrades i els ulls plens d'enuig (però tan bonica com sempre).

—Per l'amor de Déu, Carles! Quin esbalaïment! —va dir la mestra Maite en sentir el meu crit.

—Perdó, mestra. És per la pressió atmosfèrica. M'ofegue. M'asfixie.

—Jo no tinc calor. A més a més, ara neva.

Eliseu es va acostar veloç a la finestra.

—*It's snowing!* —va proclamar joiós.

Vam deixar els pupitres i, tots alhora, vam pujar a l'estrada, vam esborrar dissimuladament les horribles operacions matemàtiques que ens havia explicat la mestra Maite, ens vam col·locar en formació i vam cantar amb gran entusiasme una cançoneta que havien compost les xiques en honor de la neu:

La neu blanca
la neu fresca;
que bonica,
quina gresca! (bis)

Als dos minuts, va arribar el director amb cara de disgust. Però, com de costum, es va unir a nosaltres i va cantar amb alegria i potència, amb la seua veu de baríton antic i somiador, fins a quedar-se tot sol.

—Visca el nostre dire! —el va ensabonar Sento, l'entabanador.

—Visca! Visca!

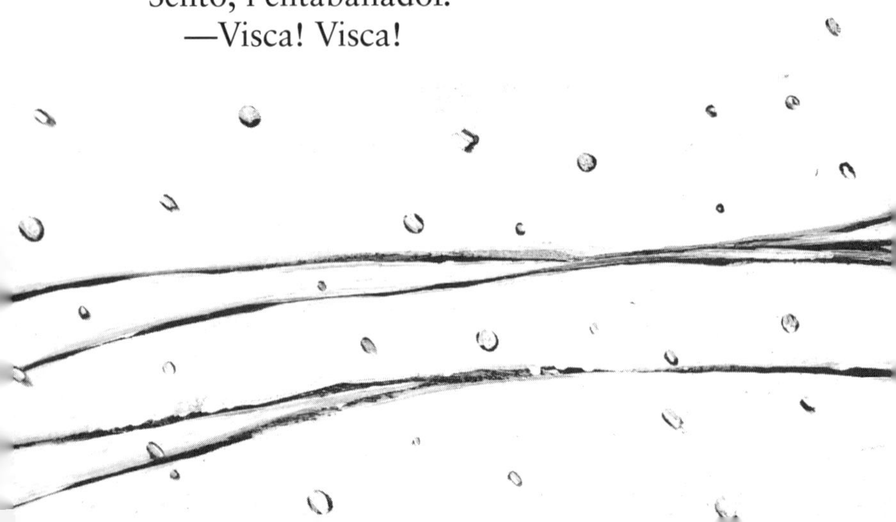

I, inflat d'orgull, roig per l'esforç, va eixir per la porta d'entrada. Nosaltres, entre tots, vam dibuixar un somriure circular, ple de dents, i vam indicar a la mestra Maite que ja no nevava i que el rellotge del campanar marcava l'hora d'anar-se'n cap a casa.

—No estudieu massa! —ens va dir mentre arreplegàvem els llibres i els quaderns i eixíem en un pilot atapeït cap al corredor.

2

La segona vegada va ser un pit-roig. Era primavera. Els arbres estaven plens de flors i fulles. Com el pomer de casa; incendiat de flors blanques i tèbies. Aquestes coses d'«arbres incendiats» i «llavis com rius» les deia (i les diu encara) mon pare, que és bibliotecari i poeta.

Mon pare és molt savi, i per això diu coses molt estranyes. Cada dia, abans d'anar a la biblioteca, escriu alguna cosa a la pissarreta de la cuina. Pot ser un vers, una endevinalla, una frase, un pensament, una idea, un consell, una cançó...

Ahir, sense anar més lluny, va escriure:

El pescador
reté
el riu que se'n va.

Sara, la meua germana, va llegir el missatge en veu alta, mentre ens desdejunàvem. Ens va semblar una imatge molt bonica. Sara i jo féiem les nostres interpretacions i les nostres càbales, i després, a la nit, les contàvem al pare.

—Els rius mai es detenen, pare —va argumentar Sara ahir.

El pare va respondre somrient:

—El riu és com la vida, fills: tots la volem retenir, però no pot ningú.

«Quina ximpleria», vaig pensar dins meu. Perquè jo un dia vaig conéixer un home que tenia més de dos-cents anys, dos-cents vint-i-tres exactament, i vaig parlar amb ell i em va contar alguns trucs ben indicats per a no morir mai, ço és, per a retenir el temps; i, és clar, jo els vaig apuntar en l'agenda, i ahir, si m'haguera donat la gana de repassar-la una miqueta, els podria haver dit al pare; però després, tot seguit, arribarien les preguntes i els interrogatoris, que si això, que si allò... i un ja no està per a aquestes coses.

Millor, doncs, callar.

Estava amb això del pit-roig. Va posar sobre un diccionari gruixut de literatura, hi va cagar, va fer tres o quatre voltes volant i va eixir per la finestra. Tothom ho va veure. Per tant, no vaig haver de cridar: Un pit-roig! Tots

vam riure la descarada malifeta. Fins i tot la mestra Maite va exclamar:

—Mira per on, a aquest, no li agraden els clàssics!

—No m'estranya! —va dir Benjamí.

—Doncs a mi m'agraden més que les matemàtiques! —va amollar de seguida Simó, que se sap versos de Quevedo de memòria, com aquell que sembla un embarbussament, que diu:

No em mires
que ens miren
que ens mirem...

no em mires que ens miren que ens mirem. I sabran pels teus ulls que ens estimem...

Que bonic!

Vam traure el cap per la finestra. No el vam tornar a veure. De segur que s'havia amagat darrere de les branques atapeïdes d'algun cirerer del pati. Però jo ja tenia la mosca darrere l'orella; perquè eixir, el va veure tothom; però, i entrar? Qui havia vist entrar l'ocell per la finestra de classe? Ningú. I per què ningú? Doncs, perquè no va entrar per la finestra.

No. Però ara faig muts i la gàbia.

Aquell dia també duia les botes roges. I quan les porte, pot passar qualsevol cosa. Fins i tot les coses més misterioses o impossibles o fantàstiques (esdeveniments, en qualsevol cas que no compartisc amb ningú i que apunte en la meua agenda amb la minuciositat d'un rellotger).

3

Un dia d'aquest curs, pels volts de la tardor, la mestra Maite va arribar amb una cara lànguida i trista. Feia unes ulleres com dues coves prehistòriques i tenia un color molt pàl·lid.

Va ser, si no vaig errat, el mateix dia de la llebre. És a dir, exactament la sisena vegada que ens visitava un animal. El primer va ser el corderet; després, el pit-roig; la tercera vegada, un ren; la quarta, un liró; la cinquena, una cabra; i la sisena, una llebre verda com una vall.

—Agafem-la! —va cridar Maurici, el cinegètic.

Però gràcies a Déu no la va atrapar. I no la va atrapar, no perquè Maurici fóra maldestre, sinó perquè els animals que ens visitaven no eren reals. És a dir, no eren de carn i ossos. Eren només aire, gas, éssers intocables. Animals que apareixien i desapareixien com ràfegues de vent, com la pluja o com un mal de queixals.

Com que tot això de l'aire i el gas i tota aquella teoria espiritual meua era molt difícil d'explicar, no vaig dir mai res als meus companys de classe. Així doncs, vaig deixar que Maurici caiguera de morros quan s'abalançava a la persecució de la llebre, i que aprenguera així a ser més respectuós amb els animals.

—Ai, ai, ai! —es va queixar Maurici, amb les mans al cap.

En aquell instant Maite va fer un bot menudet. No s'havia adonat de la visita fugaç de la llebre, i la topada de Maurici la va traure de la seua abstracció.

—Què passa, Maurici? —va preguntar sobresaltada.

—La llebre verda, mestra... —va respondre ell, adolorit.

—Llebre verda! No estic d'humor per a llebres verdes! —ens va mirar furiosa i tremolosa.

Es va fer un silenci espés, com un núvol. Sabíem que l'afligia algun problema. S'estava fumant el clarió, un trosset rere un altre, amb avidesa. I quan passava això, el missatge era inequívoc: hi ha conflicte. No passava molt sovint (una o dues vegades per curs, a tot estirar), però quan es fumava el clarió amb aquell gest nerviós i desmanegat, ja sabíem que ens demanava ajuda.

Això ho vam comprendre amb el temps, és clar, perquè la primera vegada que la mestra Maite es va posar a fumar clarió de colors, ens va deixar a tots amb un pam de nas.

—És un atac epilèptic! —va dir Vicent astorat.

—Cridem una ambulància —vam bramar tots alhora.

Quan ja la teníem agafada de peus i mans, i ens disposàvem a traure-la al corredor, va dir ella espantada:

—No és res, xicots! És només que estic trista...

I aleshores ens va contar que això de fumar clarió de colors era un hàbit familiar que provenia dels temps del seu rebesavi, i que s'havia mantingut generació rere generació, com a símptoma clar de tristesa o patiment.

—Quan estic trista, fume clarió. És una cosa genètica.

—Però, Maite, si tu no fumes...

—Poc, a Déu gràcies...

Així doncs, des d'aquell dia remot sabem per què la mestra Maite fuma clarió de colors, i ja no demanem ambulàncies.

La mestra és alegre i sempre està de bon humor. Tanmateix, a voltes, s'apaga com una flor en les tenebres, i aleshores, irremeiablement, comença a fumar clarió de colors. La veritat és que és graciós veure-la fumar clarió de colors, dalt de l'estrada, tirant glopades de fum roig o verd o blau o groc (segons el color del clarió triat); també ens hem adonat d'una cosa molt curiosa i important: segons la magnitud del problema que l'afligeix, dibuixa amb el fum diferents figures; així, a tall d'exemple, si el problema és menut, dibuixarà en l'aire un ratolí, o una libèl·lula, o un escarabat piloter; si és considerable, un gos, un titot, o un mussol; i si és molt gros, un lleó, un catxalot, un ós panda...

El dia que ens va visitar la llebre, Maite havia dibuixat ja tres pesos pesants: un caiman, un búfal i una serp boa. Per tant, vam suposar que el conflicte que l'entristia era dels grossos —grossos d'aquells que mon pare en diu transcendentals. I és clar que sabíem que no estava d'humor per a llebres verdes! Però era

tan bonic veure-la dibuixar en l'aire aquells éssers tan meravellosos i perfectes..., i no és que desitjàrem que s'entristira, però és cert que enyo-ràvem molt aquells moments breus i màgics... Per això, tot i saber que la mestra devia estar profundament abatuda, ens vam quedar en silenci admirant aquelles obres d'art efímeres (comparables, segons el meu parer, als quadres dels pintors aquells que tant agraden a mon pare i que tenen noms tan estranys, com ara Klee o Derain).

—Un altre, mestra, i parlem —va demanar Emili en nom de tots.

—No puc. Estic exhausta.

—Un goril·la mascle engolint-se unes bananes...

—Un guepard en un cocoter.

—Un dofí somiant amb teuladins.

—Prou! El que ella vulga i punt.

Ella va somriure amb dolçor i va agafar un clarió roig. En menys de tres minuts ens va fer un ren amb unes banyes enormes que arrossegava un trineu per un ermàs gelat i solitari.

—Sembla una estampa treta de Miquel Strogoff! Quina passada!

Vam aplaudir d'allò més la seua mestria i, de seguida, ens vam interessar per ella. Li va costar parlar, però al cap d'una estona va dir:

—Una endevinalla...

Una endevinalla! Van fer uns ulls com unes taronges.

—Però, mestra... Una altra vegada! —va amollar Robert, en to recriminatori—. No vam quedar que això no t'anava bé!

—Ja ho sé, Robert, ja ho sé... Però no puc lluitar-hi en contra. Són més fortes que jo...

Maite tenia una vertadera afecció (tal vegada és més correcte parlar d'obsessió) a inventar endevinalles. Com que vivia tota sola, deia que inventar-se endevinalles era la manera més eficaç de lluitar contra la soledat i l'avorriment.

Des que la coneixíem (ço és, des de fa ja cinc cursos), quasi totes les setmanes ens proposava un parell d'endevinalles, que nosaltres, amb gran entusiasme i afany, solíem resoldre. Però de vegades les endevinalles eren tan rebuscades, que passàvem dos o tres dies sense trobar-ne la solució. Aleshores, Maite s'afligia i fumava clarió de colors. Perquè el bo del cas és que ella inventava les endevinalles, però no les solucions. I a la mestra, el que més l'entristia, el que li causava més pena (llevat de les grans tragèdies, és clar), era inventar-se una endevinalla i no trobar-ne la solució.

—Una endevinalla sense solució és com una mare sense fill, com un fill orfe, com un poeta sense musa —ens va dir un dia que plovia suaument.

I mon pare, que és un savi, em va explicar alguna cosa sobre la qüestió:

—Tot té solució, fill. No hi ha res que no tinga solució.

I jo ho vaig explicar a classe als companys. És a dir, que si no trobem la solució de l'endevinalla, l'endevinalla no existeix. I si no existeix, la mestra no inventa res ni endevina res i aleshores se sent molt sola i s'avorreix molt, perquè viu tota sola i no li agrada la tele ni té gos ni gat, i, ja em contareu, es posa més trista que trista i li venen les ganes de fumar clarió de colors...

Per això, quan Maite ens va dir que una endevinalla la turmentava, tothom es va quedar de pedra. Ja feia temps que li les havíem prohibides, perquè ens havíem adonat que no li feien gens de bé (les endevinalles eren cada volta més difícils, i hi havia vegades que ens passàvem una setmana sense poder trobar-ne la solució). Ella va acatar sense problemes la nostra prohibició. L'única cosa que ens va demanar va ser que li donarem alternatives per a lluitar contra la soledat i l'avorriment. L'endemà li vam portar anotades diverses propostes: escriure aforismes, col·leccionar segells, papallones o lepidòpters (llegiu paneroles), comprar-se un hàmster, fer encreuats, suar en bicicleta, passejar, fer ioga, anar al casino, ferse sòcia de l'Alcoià, parlar per telèfon, escoltar la ràdio, anar a caçar coloms tudons, fer pesca submarina o esquí aquàtic, estudiar anatomia humana, ajudar en la tómbola benèfica...

—Teniu raó, xicots. Veig que es poden fer moltes coses en aquesta vida, a més d'inventar endevinalles. Agraïsc moltíssim el vostre interés —ens va dir, sincerament agraïda.

Des del dia de la prohibició, des del mateix dia que ens va prometre que provaria quina de les propostes li agradava més (i d'això ja fa més o menys un any), no havia vingut a classe mai amb més endevinalles, i les vegades que la vam veure fumar clarió de colors, no obeïen a aquesta causa, sinó al fet que estava enfadada amb una companya de ioga a un disgust enorme per haver perdut un segell molt bonic que li havien enviat des de les Antilles Holandeses. Cap endevinalla, doncs.

Fins al dia de la llebre verda. Fins al dia que Robert la va recriminar amb duresa, i nosaltres

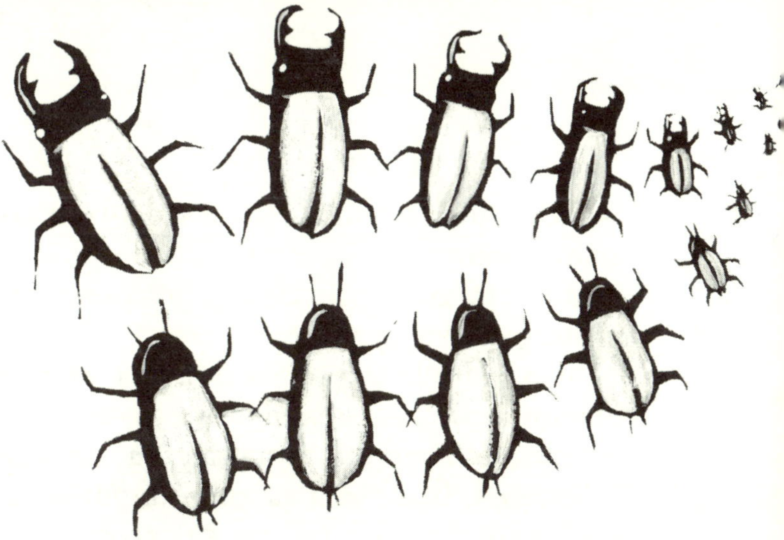

ens vam quedar de pedra, entre preocupats i descreguts, i també una miqueta dolguts.

—Ja ho sé Robert, ja ho sé... Però no puc lluitar-hi en contra. Són més fortes que jo...

—Però no ens voldràs dir, Maite, que tot aquest any has continuat amb les endevinalles... —va mussitar per a si, incrèdul, Emili.

Ella no va respondre. Era evident que sí. Però en comptes de fer-la sentir culpable, calia actuar amb celeritat i evitar-li així més patiments.

—Escriu-la, Maite —vaig fer amb un crit de comandament.

Tots em van mirar. La mestra volia començar a donar explicacions, a justificar davant nostre la seua actitud o el seu engany, però la vam fer callar.

—Sabem que has provat de tot, que has lluitat amb totes les teues forces... Ara, escriu-la

—va demanar Romina, la xica del meu cor, tan dolçament.

La mestra es va acostar a la pissarra i, amb traç elegant, va escriure:

De matí brilla com les perles; a la nit és un submarí sense paraigua, un torrent de veus; si t'acostes, fuig, perquè és un raig que no sona; si t'escapes, fuig i se'n va amb tu; pot ser un amic, un hivern, un far que s'engronxa, mai un sol, una allau en el silenci. És alta, molt alta, tan alta com un bes, i diuen que no sap estimar, estimant-s'ho tot.

Va acabar d'escriure i ens va mirar amb uns ulls grans i preciosos.

—Sí, ho sé, xicots: és difícil, molt difícil... Però, no us sembla bonica?

I la veritat és que de bonica sí que n'era, molt bonica, tant bella com un riu en una

un far que s'engronxa
এগারো
জানুয়ারি '৯৭

mà... De segur que li encantaria, al pare! Però, és clar, una altra cosa era entendre-la, i una altra encara més difícil desxifrar-la, i una altra encara de molt més enrevessada, trobar-hi solució.

—És preciosa, mestra. La més bonica que has inventat mai —vam intentar dissimular la nostra estranyesa.

Vam passar quatre dies entre submarins, torrents, fars, allaus i silencis; entre amics que fugen i no escapen; entre besades altes i nits i volences. Vam passar quatre dies entre centenars de paraules, entre hipòtesis i pistes: cap resposta no convencia la mestra. Era una altra cosa. Una altra cosa. I ella, mentrestant, continuava sumida en una profunda tristesa, i continuava fumant clarió de colors i omplint el sostre de la classe d'animals enormes, desconeguts, feres inexistents, que desapareixien sense haver tingut a penes temps de viure uns brevíssims instants.

Finalment, després d'àrdues deliberacions, vam prendre la decisió de demanar ajuda. Mai, fins a aquell moment, n'havien demanada. Però aquella endevinalla era massa complicada per a nosaltres.

—A veure si ton pare ens fa eixir d'aquest mal pas! —em van dir.

I jo la vaig passar al pare. Li va agradar molt, però de seguida es va adonar que no era una tasca fàcil. Li vaig dir que la mestra estava molt trista i que no parava de fumar clarió de colors.

—Vejam què s'hi pot fer, fill meu —em va animar, tot somrient.

L'endemà, al migdia, va arribar el pare a casa i em va preguntar:

—Què me'n dius, fill meu?

Es referia al que havia escrit al matí a la pissarra de la cuina.

—No existeixen, pare.

—Com ho saps?

—Perquè no existeixen. No hi ha monedes de tres cares.

—Ja. Molt bé, fill meu.

—I sobre la nostra endevinalla?

—La mestra us en va donar la solució.

—No entenc res, pare.

—Em vas dir que va dibuixar en l'aire uns monstres molt estranys, enormes i desconeguts.

—Feres imaginàries, sí. Inexistents.

—Aleshores inventa't una paraula per a una cosa que no existeix i n'hauràs trobat la solució.

I això és el que vam fer. Ens vam inventar entre tots una paraula estranya, que sonara antiga, molt llarga, llarguíssima, i la vam escriure a la pissarra. Al cap d'una estona, va arribar la mestra amb cara lànguida; feia unes ulleres com dos pous petrolífers. Es va acostar a la pissarra a agafar un clarió de color i aleshores es va fixar en la paraula que havíem escrit amb lletres gegants. Es va quedar paralitzada, immòbil, tensa com un pilot a punt de partir cap a les galàxies. I tot seguit va cridar:

—Síííí!

4

Bé, doncs! Com ja ha quedat esmentat, després del corderet i el pit-roig, ens va visitar una rabosa platejada, després un liró, després la cabra, la sisena, una llebre verda, i posteriorment, tot i que tal vegada no en aquest ordre, una salamandra, un cavall alat, un centaure i un fènix.

Eren aparicions breus i fantasmals, difícilment explicables. Des del dia de la llebre verda, jo ja m'esperava alguna cosa. Sabia que aquells animals no venien de fora; eren a classe. Només havia de descobrir on. Em vaig posar a l'aguait, i als pocs dies vaig obtenir la resposta.

Un matí fosc i saturnal, em vaig fixar en Vicent. Estava bastant inquiet i no acabava d'espavilar-se. Al cap d'una estona, va badallar. Va ser un badall silenciós però molt llarg; vaig veure com li eixia de la boca una mena de baf

blanquinós, com una boira espessa que a poc a poc es perfilava i es tornava reconeixible fins a esdevenir una salamandra. Després, la salamandra va caure a terra vençuda pel pes de la gravetat i, tan bon punt tocà el pis, va córrer espantada i va desaparéixer. Va passar exactament el mateix amb les tres bèsties següents. Només que l'expulsió del centaure i del fènix, la va fer Vicent de manera conscient, ja que després d'expulsar el cavall alat, vaig posar tota la classe al corrent del que passava.

Em van tornar a dir boig somiador, és clar. La mestra Maite es va enfadar; Vicent es va espantar molt; Romina, la xica del meu cor, em va mirar amb ulls llunyans. Vaig passar una setmana horrorosa, fins que, una vesprada, Vicent va badallar i li va eixir un centaure preciós, roig com un robí. Tots el van veure nàixer, créixer i desaparéixer.

—Et trobes bé, Vicent? —es va preocupar Maite.

—Sí, mestra. Com sempre —va respondre ell, més relaxat.

—De tota manera, és imprescindible que et mire un metge —va continuar ella, al·lucinada.

A Vicent, li van mirar la panxa, els peus, els budells, el cervell, les cames, els omòplats, l'oïda i la vista, els pulmons, el cor, el fetge i els renyons, el cuir cabellut, les mans, el nas, la columna vertebral; li van fer un escàner, un electroencefalograma, una ressonància magnètica; li van fer massatges i li van donar una taula de gimnàstica... No sabien per on començar! Fins que jo li vaig dir:

—Vés al dentista. De segur que es tracta d'algun queixal...

Això va ser l'endemà del fènix. Va anar al dentista i aquest li va empastar un queixal que tenia un forat com l'ull d'un pont romànic.

I es van acabar les històries. Ja no hi va haver més monstres ni bestioles ni animals. I, tot i que jo sabia que el dentista tenia poc a veure amb aquella història, vaig dir a Vicent que un queixal picat pot arribar a provocar patiments terribles, com ara mals d'amor o marejos o vertígens (encara que jo crec que totes tres coses són la mateixa cosa).

Vaig apuntar en la meua agenda secreta la història de Vicent, al costat de la resta d'esdeveniments fantàstics que m'han passat al llarg de la meua dilatada vida («dilatada vida, no rancúnia», diu sempre mon pare), i així va acabar el bonic episodi dels badalls fantasmals de Vicent. Jo sabia que les meues botes roges tenien molt a veure en aquell afer.

5

Romina, la xica del meu cor, no em feia cap cas. I cada vegada menys. I a mi se'm trencava el cor com la fruita madura. M'avorria a l'escola, m'avorria a casa, m'avorria tocant el trombó de pistons. Mon pare, abans de marxar, va posar a la pissarra: «Ens besa els llavis la rosada». Ho vaig llegir, i em va semblar molt bonic. Després vaig pensar que la rosada podia ser Romina, la xica del meu cor, i vaig tancar els ulls i vaig allargar els llavis cap a l'espill.

—Tu estàs enamorat bojament, germanet.

Jo no vaig respondre ni que sí ni que no, i me'n vaig anar a l'escola. I Romina, la xica del meu cor, continuava sense ni tan sols mirarme. I jo sóc bastant ben plantat, alt, ben format, tot i que no jugue bé al futbol. Però amb les botes roges sóc capaç de botar de vorera a vorera; o córrer com un llamp vespertí; o pujar a un fanal en un tres i no res. I parlant de fanals, ara que hi pense, vaig veure un dia pujada a un d'aquests una llum; i també vaig veure un misto esperant el foc; i un home vivint en una porta giratòria.

I tot això, per les meues botes roges. I ella ho sabia. Romina, la xica del meu cor, sabia que jo era un ésser extraordinari i únic, a qui pas-

saven coses meravelloses. Perquè ella, un dia em va veure volar. No com una alosa, no com una falcia o un teuladí de bronze, però si volar d'un roure a un altre, allà, al parc del Passeig Major. Va ser una vesprada, i em va veure. I jo la vaig veure mirant-me, i vaig veure com miraven que ens miràvem, i vaig pensar:

No em mires
que ens miren
que ens mirem.
I sabran pels teus ulls
que ens estimem.

Però per quins set sous m'havia d'estimar?

Vaig baixar de l'arbre ràpidament i em vaig plantar als seus peus com Tarzan. Ella em va mirar i em va dir:

—Sé que tens secrets. Algun dia me'ls contaràs.

Se'n va anar. Jo vaig pensar dues coses, tot mirant-la, tan bella, quan marxava:

Una, que no contaria mai els meus secrets a aquella xiqueta arrogant; dos, que com sabia ella que jo guardava molts secrets. «Que se'm deu veure als ulls?», vaig pensar, encara que sense massa convicció.

Des del dia de la trobada al parc del Passeig Major, la nostra relació es va anar gelant. I com més distant la veia, més m'agradava. Quins rulls d'or els seus cabells! Quins ulls de neu perpètua! Quines mans de veloç alabastre! Em vaig entristir i em van venir les ganes de fer poesia. Vaig escriure versos de desamor, foscos i horribles, tòpics i plens de desespe-

rança. (Els tinc guardats.) Però aquell no era un bon camí. Calia canviar dràsticament d'estratègia. M'estava enfonsant en la misèria. No feia un brot; estava abúlic i afligit. Fins que un dia em vaig adonar que Romina, la xica del meu cor, tenia raó: havia arribat l'hora de contar-li els meus secrets. Si no, d'ella, ja me'n podia oblidar. I això no, això sí que no.

Recorde que, a tall de nova etapa existencial i poètica, vaig escriure un xicotet vers en to sarcàstic rient-me del meu lamentable estat. Deia així:

Estic perplex.
Qui és aquest monstre
tan horrible?
El meu reflex.

El vaig mostrar al pare i li va semblar categòric i sa; i, sobretot, honest, molt honest. Jo, que només el vaig entendre a mitges, li ho vaig agrair amb un somriure angelical. Després, van arribar les pluges i el fred, i abans de caure malalt vaig veure a la plaça de l'església deu xiquets jugant a futbol sota un paraigua.

6

Vaig estar-me una setmana al llit. Vingueren a visitar-me Simó, Maurici, Vicent, Emili, Robert, Sento... Romina, la xica del meu cor, no. I jo em vaig dir, ple de fúria i orgull: «Et conquistaré, xicota, encara que m'hi vaja la vida».

Em vaig curar de la grip i vaig acudir a l'escola amb un pla ja resolt. De camí, vaig veure un sol violeta que lluitava intrèpidament per desfer-se de les mans de les muntanyes. No oblidaré mai aquell color. Vaig arribar a classe i Romina, la xica del meu cor, em va semblar més bella que mai. Vaig seure al meu pupitre, darrere d'ella, i quan la mestra Maite estava d'esquena a nosaltres, vaig llançar una boleta de paper a la frondosa cabellera de la meua xicota, i va quedar atrapada entre els seus rulls. Vaig veure com se la treia dels cabells i la llegia. No vaig poder veure el seu semblant; no vaig saber si la llegia amb sorpresa, amb alegria o amb un enuig terrible.

Què en pensaria? Aniria a la cita a l'eixida de classe?

Jo estava disposat a obrir-li la meua agenda i contar-li alguns secrets. A més a més, el pare diu que un secret no n'és de secret si no el saben dues persones. I això de les meues botes roges no ho sabia ningú a banda de mi. Crec que la mare també intuïa alguna cosa, sospitava, però no sabia res del cert.

Vaig esperar, doncs, en el lloc indicat, però Romina, la xica del meu cor, no hi va anar. Quina tristor i quina vergonya, quina ràbia vaig sentir! Aquella mocosa s'havia rist de mi!

Caminant sense rumb, vaig arribar fins al parc del Passeig Major. No hi havia ningú. La nit queia silenciosa i tova. Un gos abandonat udolava ple de tristor i vaig veure entre la brossa una móra roja que refulgia en la foscor.

Em vaig deixar caure i segut, vaig alçar la vista cap al firmament. Aleshores, vaig sentir darrere meu una respiració lleu, un murmuri de fulles trencades.

—Hola —va dir Romina, la xica del meu cor.

—Què fas ací? —vaig preguntar bocabadat.

—Sabia que vindries —va dir ella.

—Per què? —vaig preguntar.

—M'ha agradat molt el poema. Qui és? —va inquirir somrient.

Jo no entenia la pregunta. (Tremolava com una fulla).

—Qui és qui?

Ella va recitar:

Anemones
en la cintura:
quina paüra!

—Qui és ella? Ha de ser bellíssima.

Vaig estar temptat de dir-li t'estime, però, per contra, vaig dir:

—Sents l'olor del silenci? És el més gran que hi ha.

—A mi m'agrada més la fragor d'un bri d'herba inclinat pel vent.

A qui havia copiat aquella frase? A algun poeta dels que hem estudiat, tal vegada?

—És molt bonica.

—Gràcies. Sé que ho sóc.

—No, no ho deia per tu...

I després, per refer la malifeta, doncs clar, em vaig fer un embolic que si sí, que si no, que si era bonica, la frase bonica, i ella, que ni cal din-no, però no, ho vaig embolicar del tot i no vaig saber eixir-me'n.

—Jo també vaig escriure ahir un poema.

—Llig-lo, Romina. Lliges molt bé.

—És per riure. És a dir, humorístic.

—M'encanten. Són els que més m'agraden (vaig mentir).

No sap el sacerdot
que li cau damunt
un angelot.

Vaig riure forçadament, i per demostrar-li que m'havia agradat, jo li'n vaig dir un altre d'envergadura semblant.

(amb permís)
El centcames no recorda
on va posar
l'anell
(de compromís).

—Molt bonic, Carles.
Gràcies. Ja sé que ho sóc.
—Vet ací un altre, copiador.

Encisos:
Esternuden
els queixals postissos.

—Molt graciós, Romina. És genial. Vejam si t'agrada aquest.

Amb quin deler
porta un lloro
al muscle
el butaner.

Em va mirar amb cara d'enamorada, n'estic segur. Ja era molt fosc. Érem sota un fanal de llum tènue, i ella era un àngel.

—Demà me'n contes. Ara ja és tard.

—Sí. Anem-hi.

Ens vam dirigir cap a casa i jo vaig sentir que el camí era blanet com un núvol.

7

L'endemà, dimecres o dissabte, la vaig dur a Benicostell.

Vam quedar al costat del convent dels franciscans, a la parada d'autobús. Ella va arribar amb la seua olor dolça i les dents perfectes.

—Hola —va dir.

—Vinga —li vaig indicar l'autobús, que ja esperava.

En el transcurs del viatge li vaig contar que quan em posava les botes roges, a voltes em passaven coses extraordinàries; li vaig dir que les botes me les van portar els meus pares d'un

viatge que van fer a Mèxic, i que li les havien comprades a un bruixot vell d'un poblet perdut a l'altiplà. El bruixot desdentat els va dir que les havia fetes ell mateix a mà, i que aquelles botes tenien poders meravellosos. Ells van riure la superxeria del vell, i li van comprar les botes.

—El bruixot no mentia —li vaig dir. I després —Hem arribat. Baixem.

A través d'una fageda preciosa, vam arribar a un lloc abandonat. Hi havia rails per terra, restes d'una andana, una caseta abandonada.

—Veus aquell forat? —li vaig indicar amb el dit.

—Sí —va respondre.

—Allà estava l'estació de Benicostell.

—Ja. I la van enderrocar.

—No, exactament. Va pujar en un tren i es va perdre per sempre. Jo la vaig veure, Romina. Després em van dir que estaven bojament enamorats.

—L'estació i el tren?

—Sí. Això deien al poble.

—I ara?

—S'han quedat sense estació. Però no els importa. Van fins al poble del costat a agafar el tren.

—És increïble. Tal vegada van ser les teues botes roges les que van fer el miracle.

—No ho sé, Romina. El cas és que jo era ací, disposat a agafar el tren que se'n portava enlaire la seua estimada estació i es va perdre per sempre.

Em va estranyar que no s'estranyara. Una història com aquesta no se sentia cada dia. Així i tot, ella semblava no dubtar de les meues paraules.

—Sé el que penses, Carles. Et preguntes com em puc creure una història així. Doncs, sí, me la crec, Carles. I me la crec perquè sé que és veritat, i perquè et conec millor del que tu imagines.

Una altra vegada em va estranyar que no s'estranyara i que em diguera que aquella història era vertadera i que m'expressara que em coneixia millor del que jo imaginava. Vaja, que la volia impressionar, i era jo l'impressionat!

De tornada, després de berenar, em va dir:

—Quants anys fa que anem junts a classe?

—No sé. Sis o set.

—I que tens les botes roges?

—Poc més de dos anys. Quasi tres.

Vam pujar a l'autobús i vam seure. Em va mirar seriosament i em va amollar:

—Tu et penses que sóc ximple, Carles.

—Home, no més que la resta de xiques.

Vaig riure movent la panxa, i ella em va fulminar amb la mirada. Els seus ulls tenien la bellesa d'un felí enfurit.

—Tu sí que n'ets, de neci, xicot. No en papes ni una.

I ja em va mirar amb un esguard de boja enamorada, n'estic segur. Vaig voler dir-li que la volia, que la idolatrava (el pare li ho deia moltes vegades a la mare), i se me va travar la llengua i em va eixir un grunyit horrible, com d'un porc en dificultats.

—Tu no ets més ximple perquè no t'entrenes, xaval.

—Perdona, Romina. És que...

—T'estime.

—Com dius?

—Això, el que has sentit.

—Perdona, és que amb el soroll del motor...

—Que et conec prou bé, bergant. Els clarions de la senyoreta Maite, els badalls del pobre Vicent, les pilotes que desapareixien darrere del mur del pati, el singlot caçamosques de Ferran, el dia que a Benjamí li va pegar per posar-se a nadar al mig del carrer, aquell arbre que va canviar de bosc... Tu no et trobaves lluny de tots aquests encanteris.

—No digues ximpleries, Romina.

—Ets un tipus estrany, Carles.

—Mira: la lluna.

—Digues-me un vers. Parla'm de les teues botes.

Vaig recordar-ne un que havia escrit mon pare a la pissarra de la cuina. Li'l vaig dir:

S'adorm
tot d'una
la lluna.

—M'agrada. Però no és teu, impostor.

—Com ho saps?

—Ho sé tot sobre tu.

—Vejam aquest.

Fins a la lluna
et faria
una sendera
entre vorera i vorera.

—Vindries?

—I tant.

—No et veig molt convençut. Tu series capaç d'enviar-m'hi tota sola.

—Ni ho dubtes. En un satèl·lit d'aquells que no tornen.

—La teua vida seria un calvari, un turment insuportable.

—Segurament. Una terrible tortura.

Vam baixar de l'autobús i vam caminar cap al passeig marítim. Ens vam comprar un gelat i vam seure en un banc, davant la mar. Al cap d'una estona vaig dir:

—Mira la mar, Romina: s'ha perdut.

—Deuen ser les teues botes.

—Ja no me les pose. Em vénen xicotetes.

—És a dir, que ja no hi ha més encanteris ni miracles.

—Em pense que no.

Vaig prendre aire, i vaig dir:

—Però ja no em fan falta. Ja et tinc a tu.

—Com dius?

—Això, el que has sentit.

—Perdona, és que amb el soroll de les ones...

—Doncs no res, que ja no em fan falta perquè no em dóna la gana que em facen falta...

—La mar... Ha tornat.

—Què?

—La mar, que ja és ací, Carles.

—Ah, sí, ja...

L'horitzó
tan llunyà,
el tinc als dits
de la mà.

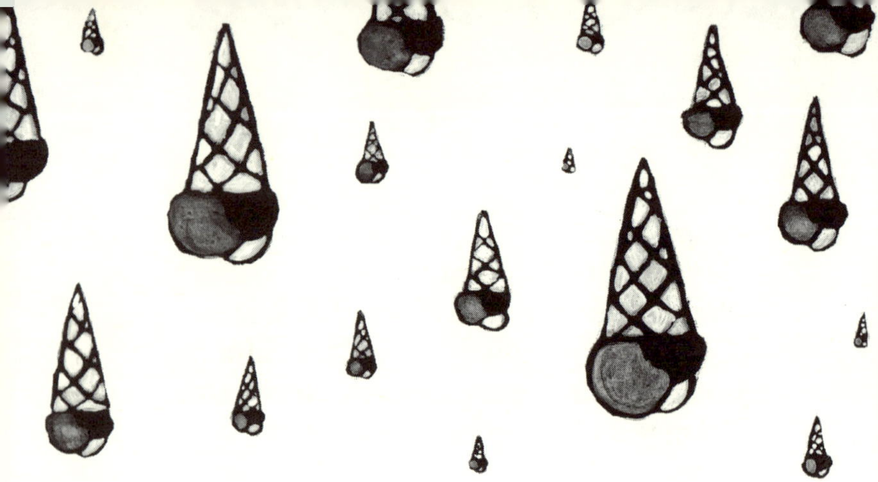

—És teu, Romina?

—A tu què et sembla?

—Que no. És massa bonic.

—Tens raó. No és meu.

—Ja m'ho semblava.

—Conta'm alguna cosa de les teues botes.

—Si ja ho saps tot...

—Tot no, però quasi tot.

—Un dia vaig veure el temps atrapat en una teranyina. Em vaig enfilar a l'arbre i el vaig deslligar de la trampa. Va volar veloç, però ja no va poder recuperar els minuts perduts.

—Trenta-set, exactament.

—Ets molt llesta, Romina.

—Gràcies. No m'ho havies dit en tot el dia.

Vaig acabar el gelat amb un somriure, i mirant-la de reüll, vaig dir:

Gelats
del cel
penjats.

—Tu els has vistos alguna vegada, Romina?

—No, Carles. Però jo sé que hi ha trens com venes.

—I aus plenes d'ametistes.

—I vinyes violetes sota els paraigües del camp.

—Quina hora és, Romina?

—No ho sé. Pregunta-ho a la pluja.

—No plou. Són les teues llàgrimes que ens banyen.

—Ets més coent que una folklòrica remollida.

—S'agraeix la flor, bonica.

Vam deixar el passeig marítim i ens vam dirigir cap a la parada de l'autobús. Començava a fer-se fosc, i encara ens quedava una mitja hora de camí de tornada ficats en aquella llanda de conserves.

—Com va, Romina?

—He passat vesprades pitjors.

—Ja m'ho pense.

—Què va ser del teu iaio?

—Ara viu en una residència. Vindrà a l'estiu. L'altre dia em va enviar una postal. Diu que té un cucut que al seu niu encunya monedes d'or.

—De xocolat, és clar. Com els cigarrets que es fuma.

—I jo li vaig fer un poema.

—Digues-me'l amb els ulls tancats.

Un gira-sol
a les barbes del iaio
i un mussol.

—Li agradarà, ja veuràs. És molt simbòlic.

—M'esborronen els poemes simbòlics, Romina. No els entenc.

—Tampoc no t'entenc jo a tu.

—Què vols dir amb això?

—Que a mi els poemes simbòlics m'agraden.

—I jo?

—A tu no t'entenc ni pruna.

—Perquè sóc molt simbòlic.

—Aleshores, fes com els pensadors: pensa...

—No m'agrada escalfar-me el cap, Romina.

—Tu t'ho perds terròs. T'ho havia donat mastegat.

—Quina complicació per dir-me que t'agrade.

—La vida és molt complicada, Carles. Això és el que diu ma mare.

—Aleshores, t'agrade?

—Jo no he dit això, poeta. Jo l'única cosa que he dit és que penses.

—Això pense: t'agrade bojament.

—Sembla que no se't dóna molt bé això d'escalfar-te el cap.

—A veure si ets tu com l'estació de Benicostell?

En aquell instant l'autobús va frenar bruscament i va parar en sec.

—Baixa, espavilat!

Vam baixar. S'havia fet fosc. Vaig pensar a acompanyar-la fins al portal de casa, però a mig camí vaig canviar d'idea. Els seus ulls eren dues lluernes enceses. Mai no l'havia vista tan bella. Els nostres passos es van fer lents de sobte i els carrers ens van acompanyar en silenci. L'aire feia olor de romer. Romina, de sobte, em va donar la mà. La vaig subjectar suaument i em va semblar lleu i fràgil com una papallona. La vaig mirar i em va mirar; i no hi havia ningú que ens mirara que ens miràvem, i jo vaig besar els seus llavis tebis de maduixa. Va ser un moment fugaç, un segle que fuig.

Vam arribar al mur del jardí de ma casa. El pomer em va somriure en veure'm entrar.

—Espera, Romina.

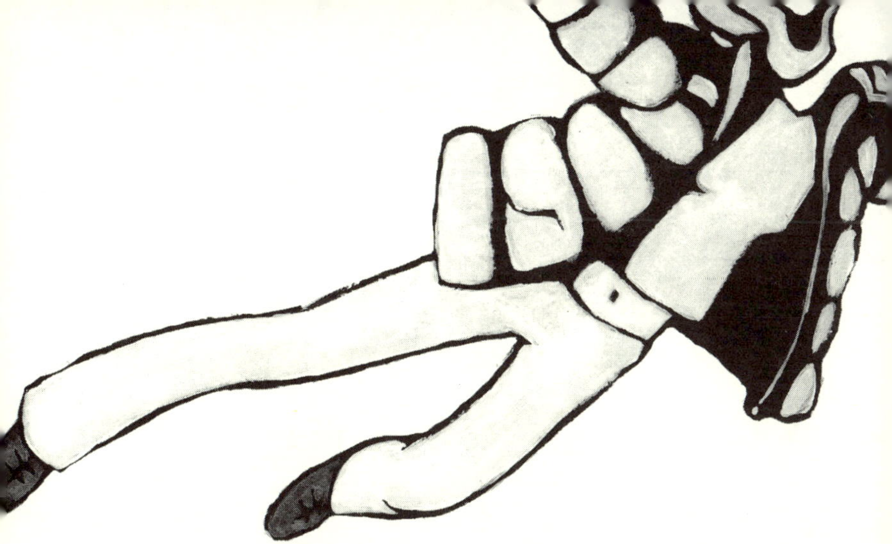

Al cap d'una estona vaig eixir amb un paquet a les mans. Li vaig dir:

—Pren. Són del teu número.

Va obrir el paquet i es va posar les botes.

—Em vénen molt bé, Carles.

—Entrena-les. Ja saps del que són capaces.

—Dilluns t'ho conte, poeta.

I em va fer una besada i se'n va anar volant.

Índex

Hi van escriure i hi van dibuixar...

Karlos Linazasoro

—Karlos Linazaroso va nàixer a Tolosa el 1962. Va estudiar els primers anys a la Ikastola Lakorain, i després es va llicenciar en filologia basca a l'EUTG de Donostia. Des de fa tretze anys, és el responsable de la biblioteca municipal de Tolosa. Quins van ser els seus inicis com a escriptor de literatura infantil i juvenil? Hi ha influït el seu contacte diari amb els llibres?

—El meu primer llibre va ser una novel·leta per a joves que vaig escriure fa ja molts anys, i que va rebre el segon premi en el certamen Baporea de Literatura Infantil i Juvenil. Des d'aleshores continue escrivint. El meu ambient de treball, tot envoltat de llibres com estic, sí que m'influeix a l'hora d'escriure.

—Hi ha cap anècdota o experiència en la qual s'haja basat per a elaborar les aventures de Carles?

—Aquest llibre ha estat inventat totalment per mi; jo sóc una persona normaleta, a qui no passen coses estranyes o meravelloses (llevat de rares vegades, com a tothom); però tinc una bona imaginació, i d'ací va sorgir, segurament, aquesta història.

—La fantasia i la imaginació són necessàries en la vida, quin creu que és el millor al·licient perquè els xiquets les desenvolupen?

—Jo crec, sincerament, que l'única manera de desenvolupar la imaginació i la fantasia és la lectura. Sense llegir no es pot ser escriptor, ni ser imaginatiu, ni fantàstic, ni tan sols bona persona. Una altra cosa és com afeccionar els joves a llegir; tal vegada escrivint bons llibres, però no ho sé.

Claudia Ranucci

Abans d'arribar a Espanya el 1997, vaig passar quatre anys en una ciutat menuda d'Itàlia, Urbino, on vaig estudiar, a la Universitat ISIA, disseny i, entre altres coses, il·lustració. Els 20 anys anteriors els vaig passar a Roma dibuixant i gaudint de la vida d'estudiant. En els anys de la universitat vaig conéixer persones com L. Mattotti, L. Zwerger, R. Pruzzo o Pino Parini a qui dec part del meu amor a la il·lustració.

—*Com va començar a il·lustrar llibres per a xiquets?*

—Sempre em va agradar la idea d'il·lustrar el que llegia i puc dir que no vaig començar per casualitat, sinó que feia molt de temps que ho intentava: tinc a casa diversos llibres que vaig il·lustrar pel meu compte i que mai no es van publicar. Vaig acumular experiències molt diverses: vaig treballar de repartidora, vaig vendre discos, fins i tot vaig treballar durant un temps en una fusteria (cosa que encara m'encanta fer quan tinc un poc de temps lliure). Després, va arribar l'oportunitat de treballar com a dissenyadora en una editorial, i allí em van oferir la possibilitat d'il·lustrar un llibre.

—Quina creu que és la funció més important de la il·lustració en la literatura infantil?

—Considere la il·lustració com un llenguatge poètic i evocatiu. Em fascina la possibilitat de jugar amb diferents nivells de comunicació.

—Quins passatges d'aquest llibre li han semblat més interessants de destacar?

LLa forma tan inusual de contar una història d'amor i els animals de colors omplint aquella classe; per a il·lustrar aquestes escenes he intentat en diverses ocasions fumar clarió de color, però no m'eixien animals, de manera que ho vaig intentar directament amb el pinzell.

SOPA DE LLIBRES

A PARTIR DE 4 ANYS

Papààà...!!!
Carles Cano

A PARTIR DE 6 ANYS

Òscar i el lleó de Correus
Vicente Muñoz Puelles

Caputxeta Roja, Verda, Groga, Blava i Blanca
Bruno Munari-Enrica Agostinelli

Laura i el ratolí
Vicente Muñoz Puelles

A PARTIR DE 8 ANYS

Contes per a tot l'any
Carles Cano

La sirena en la llanda de sardines
Gudrun Pausewang

A PARTIR DE 10 ANYS

El meu llibre de poesia
Gudrun Pausewang

Operació Iogurt
Juan Carlos Eguillor

Ales de mosca per a Àngel
Fina Casalderrey

Els negocis del senyor Gat
Gianni Rodari

La lluna que riu i altres poemes
Marc Granell

Les botes roges
Karlos Linazasoro

A PARTIR DE 12 ANYS

Quan els gats se senten tan sols
Mariasun Landa